尋找獨角獸

管家琪◎著　龔雲鵬◎圖

欣賞童話，培養品德

　　這一套書，「品德童話」系列，是為少年讀者編寫的文學讀物。這個系列的特色，是每一本書都有一篇童話。這一篇童話吸引讀者的是它本身的趣味，但是其中的情節和角色的行為，都能散發出一種品德的光輝，期待著每一個少年讀者都能因為受到文學的薰陶，自自然然的「體會到」什麼是品德、自自然然的「看到」品德的實踐。

　　近年來，品德教育越來越受到家長和教師的重視，原因是我們發現我們的孩子並不生活在一個幸福的安全的社會裡。為了孩子的幸福和安全，我們需要創造一個新社會。這個新社會的出現，除了要靠大人對品德的堅持和實踐、示範以外，孩子的品德教育也很重要，而且是關心得越早越好。鼓勵少年讀者閱讀「品德童話」，就是一種實踐。

兒童文學作家管家琪女士，受邀撰寫「品德童話」系列。她是一位優秀的童話作家，屢次以她的童話作品獲獎或獲得表揚。她寫作勤奮，作品在整個華文世界裡廣受少年讀者的歡迎。在大陸，在香港，在馬來西亞，都有她的讀者。她自稱她為「品德童話」系列所寫的童話，是一種「品德童話」，說明了她這一次是以「品德」為主題而寫的童話。

　　管家琪富有幽默感，所寫的童話常常令人讀來莞爾。她對於情節的安排，常常出人意料。她能在故事中技巧的運用趣味對話。那些對話對讀者都很重要，情節的變化常常就藏在對話裡。她的童話有一個永恆的主題，那就是「趣味」。這趣味，對少年讀者有很大的吸引力。

　　一九〇九年，諾貝爾文學獎的得主「拉格勒芙」（Lagerlöf,1858-1940）。她是瑞典人，以早期的小說、詩歌創作受人推薦而得獎。其實她在得獎以前，因為寫了長篇童話《騎鵝旅行記》，早就是瑞典全國家喻戶曉的作家。當時的情形是，有一位小學校長，邀請她寫一本故事，希望能讓孩子們「在

欣賞之餘」，還能對祖國瑞典的歷史地理有所認識。拉格勒芙接受邀約以後，走遍瑞典全國，訪問各地居民，需要的材料都有了，只是遲遲無法動筆，因為她在等待一個「故事」。

她一直等待到腦中的《騎鵝旅行記》趣味故事構思成熟，才開始下筆去寫。這篇很能吸引孩子的長篇童話，果然也能讓瑞典的孩子「在欣賞之餘」，對瑞典的歷史地理有所認識，不但達成了原先設定的目標，同時也成為兒童文學世界裡的一部名著。

對於管家琪的「品德童話」，我們也懷著同樣的期待，因為她是一位會寫童話的人。她的童話，一定也會使孩子在欣賞之餘，同時還能受到美德的薰陶。

知名兒童文學作家

唯有自省方能向上／管家琪

　　我們不妨先從自信開始談起。自信是一種相當迷人的特質，常常會令人產生樂觀開朗、積極進取，甚至風趣幽默等諸多好的聯想。

　　有自信的人總是會顯得很自在。如果是置身在群體之中，他們在待人接物方面總是能夠表現得非常得體和自然，而在一個人獨處的時候，他們也很能夠自處，既懂得如何自娛自樂，更懂得善用寶貴的光陰，自修，自學，做很多有建設性的事。

　　真正有自信的人絕不會自滿，因為他們都會有很好的自省能力。他們對於「學海無涯」、「人外有人，天外有天」這一類的古訓都會有深刻的理解，因此會時時鞭策自己一定要努力不懈，自強不息。他們的自謙都是發自

內心，不是惺惺作態。

　　而在個人德行方面，真正有自信的人絕不會狂妄自大，相反地因為他們懂得自省，能夠經常「吾日三省吾身」，如此一來他們一定是自尊自重，所有那些違法亂紀的事情，就算真的能夠做到神不知鬼不覺，他們也不會容許自己去做。

　　有自省能力的人，都會比較注重精神層面的追求。他們往往能夠比較客觀地看待自己、評價自己，在接受自己弱點和缺點的同時，也還是一直能夠以一種更高的標準來要求自己。有自省能力的人，更關心的是自己怎麼樣才能成為一個更高尚的好人，他們絕不會在物欲中沉淪。

有很多表面上看起來好像很自信的人，由於缺乏自省能力，其實都是一種盲目的自信。這樣的自信是非常可怕的。這樣的人，由於堅信自己絕不可能出錯，行事風格往往很極端，並且總是「寬以律己，嚴以待人」，一遇到什麼不稱心的事，動不動就怨天尤人，千錯萬錯都是別人的錯。

　　長久以來，大家似乎都太著重在如何培養自信、如何加強自信，卻愈來愈忽略了自省的重要。事實上，如果不能自省，再怎麼樣的自信都是膚淺和虛妄的，充其量只不過是一個自我感覺良好的井底之蛙罷了。而當一個社會、一個國家的國民普遍都缺乏自省能力的時候，那也就意味著集體都失去了上進之心。

英國著名女作家珍·奧斯汀（1775-1817）有一本代表作，叫作《理性與感性》。如果能夠兼具理性與感性，這大概會是一種最和諧的人生吧。我們在教育子女的時候其實也是一樣的，一方面應該在感性上給予孩子充分的關愛，但是也不要忘記提供孩子們理性的引導。畢竟，一個人如果只擁有空洞的自信是絕對不夠的，除了自信，我們更需要具備堅實的實力，並且不斷進步。過分廉價的讚美對孩子們來說不見得是好事，有時甚且可能會產生危害。唯有培養孩子具備一定的自省能力，才能讓孩子自己去找到不斷向上的動力。

自省是一種生活的態度／管家琪

小朋友，你學過樂器嗎？

學任何一種樂器，除非是特別有天分的孩子，多半的孩子都是呈現一種階梯式的進步；每每學到一個段落的時候，如果不能時時檢討並克服自己所犯的錯誤，就很難在技巧上有所提升，就會花比較多的時間卡在同一個等級上。

也許你會說，那是因為我不感興趣嘛，如果是做那些我有興趣、喜歡做的事情就不會這樣了。好的，那我們就拿打電動來說好了。應該大部分的孩子都喜歡打電動吧。電動遊戲總是一關又一關，如果一直卡在同一關，始終沒有進展，不能進入下一關，那實在是一件難過的事，可是要怎麼樣才能順

利進入到下一關呢？你一定得靜下心來，好好地研究和檢討一下自己剛才是怎麼「死」的，然後盡可能避免再犯同樣的錯誤，對不對？

這種研究和檢討，就是一種自省。自省是一種生活的態度，能表現在生活的各個層面。我們可以很肯定地說，只有懂得自省、擁有自省能力的人，才可能不斷地進步。

懂得自省的人，也才會是可愛的人。每個人都會有缺點，這些缺點固然是性格的一部分，可以說是天生的，但是如果我們懂得自省，也有希望自己能夠變得更好的意願，就有可能產生具體的行動，而有了行動之後，或許情況就會因此有所改變，從而使自己真的變得愈來愈好；如果總是振振有詞地說「我就是這樣！」，對於自己的問題和缺點不能思考，沒有自覺，並且還頑固地不肯改變，等到一遇到什麼不順心的事總是動不動就滿腹牢騷，抱怨只有自己最倒楣，想想看，這樣的人，有誰會喜歡和他在一起呢？

希望每一幅畫都是最完美的傑作／龔雲鵬

　　畫畫是我的興趣，也是我的工作。常有人羨慕的說：「真好，做有興趣的事，還有錢可賺！」我也覺得自己真是太幸運了。

　　但是，興趣和工作畢竟還是不一樣的。拿畫畫當興趣，可以天馬行空，隨興揮灑自己心中所想所愛的任何事物。但是，拿畫畫當工作，就必須以嚴肅認真的態度，隨時省思作品的創意和表現，不斷修正，不斷改進，希望每一幅畫都是最完美的傑作。

　　也因此，在創作的過程裡，除了忙得日夜顛倒、廢寢忘食之外，還常常陷入苦思，仔細檢討自己的創作思路，思索有沒有更好的表現手法。一看到我兩眼發直，不言不語不動的模樣，女兒就會說：「爸爸又變癡呆了！」

是的，沉浸在創作之中，的確會讓人對外界的一切不聞不問，無知無覺。每一回，接到和作家合作的稿約，我就會有一段時間處於這種近似「癡呆」的狀態。腦袋放空，所有的感官全沉迷在文字的意境之中，宛如品嘗一頓美味的法國料理，用眼睛鼻子嘴巴同時去感受，去體會，去醞釀出更為美好的想像力，讓那愉悅的享受化成創作的動力，用線條與色彩把故事的意旨淋漓盡致地呈現在讀者面前。

　　和家琪合作這本《尋找獨角獸》也是如此。故事中的小藍是個壞脾氣的孩子，在她身上，我彷彿看見我們都曾經走過的青春期。成長的道路總是崎嶇不平，追求夢想的過程也總是充滿挫折，但我們都得靠著不斷的自省，不斷的嘗試，找出自己人生的方向。這是小藍的故事，也是你我都曾經經歷、或即將經歷的故事。希望這本書能為父母、為孩子帶來一點省思與啟發。

龔雲鵬

繪者小檔案

1951年出生於雲林縣北港鎮。在父親的薰陶鼓勵下，四、五歲時候的我就喜愛塗鴉，經常在老家騎樓的水泥地板上，用白色粉筆畫著滿滿的神話人物。

1974年服役後，進入廣告公司設計部，曾任清華、國泰、奧美、上通BBDO、《儂儂》月刊等藝術指導，並曾與各大出版公司配合，創作出數十本兒童繪本。

1991年成立工作室至今，作品散見各大報章雜誌及教科書籍。

角色圖

小藍

犀牛

洋娃娃

快樂的獨角獸

古犀先生

紅色大角的獨角獸

獨角獸先生

金髮少女

一家布置得相當雅致的藝廊，正在舉辦一項十字繡的作品展。

這項展覽有一個主題，叫作「尋找獨角獸」。主辦單位說，每一幅作品裡都會有獨角獸，只是不一定會被當成主角來處理，也不一定會出現在作品最顯眼的位置，觀眾在欣賞這些精美的十字繡作品的時候，不妨也找一找每一幅作品的獨角獸在哪裡，這樣一定可以增加觀賞的樂趣。

其中有一幅粉色調的作品，呈現的是一個孩子臥房的窗台。從窗戶望出去，是一個公園，綠草如茵，還看得到幾棵火紅的鳳凰木，樹下有幾張公園椅，室內是一個歐式的窗台，上面擺著好多可愛的布偶，有洋娃娃、北極熊、企

鵝、斑馬和犀牛等等，站在犀牛旁邊的就是一

隻獨角獸。

這隻獨角獸渾身都是粉藍色，額頭上有一個

小巧的粉紅色的角，身後還有一個活像是小馬

尾的粉紅色的尾巴。

我們就稱呼她為小藍吧。

小藍從來不曾見過別的獨角獸，自從知道自己參與了這麼一項展覽

之後，就有了一個想法 —— 她很想去拜訪一下其他的

獨角獸，看看能不能為自己解答一個長久

以來的疑惑。

19

和她一起待在窗台上的朋友，一個個的脾氣都好得要命，說起話來更是一個個都細聲細氣，甚至奶聲奶氣，只有小藍是明顯得不同；

不知道為什麼，小藍總是覺得很煩躁，總是覺得好像莫名其妙的憋著一肚子的火。小藍實在不明白，為什麼同樣是布偶，同樣是主人一針一線慢慢繡出來的，卻偏偏只有自己的脾氣這麼壞？跟大家這麼的不一樣？

每當朋友們問她「為什麼妳又不高興了？」「為什麼妳老是發脾氣？」的時候，小藍都不知道該怎麼回答，只好硬著頭皮胡扯：「我們獨角獸本來就是這樣

的！」可是，獨角獸真的就是這樣的嗎？天生的壞脾氣？說實話，其實小藍並不知道。

所以，小藍覺得這次的展覽對她來說是一個千載難逢的機會；她終於可以去拜訪拜訪自己的同類了。

在展覽正式開始的第一天，入夜以後，藝廊中心關門了，整個展廳空無一人。

小藍對身旁的布偶伙伴們說：「我走啦，我想去好好的認識一下我們的獨角獸家族。」

雖然小藍的壞脾氣平時讓大夥兒都覺得滿頭疼的，不過大家都還是很關心她，這會兒她們都還是真心真意的紛紛用甜蜜的聲音對她說：

「小心一點兒啊，祝妳好運！」

最聰明的洋娃娃還特別提醒小

藍：「記住，妳一定要遵循著同一個方向，

不是向左就是向右，不斷前進，這樣最後就一定

能回到我們這裡。」

小藍決定要朝右邊出發。因為白天在展覽

的時候，她聽到好多人都在讚美右邊那幅作品好漂亮，她很想先去拜訪

一下這個漂亮的朋友。

小藍往後一仰，再稍微壓低一下身子，縱身

一躍，就跳進了右手邊的那幅作品。

一跳進去，小藍只覺得光線好強好強，刺眼得讓自己根本睜不開眼睛。

　　「哇，我看不見了！」小藍沒有辦法正視那股強光，心裡又急又怕。

　　這時，一個很好聽的聲音，在她腦袋上方非常溫柔的說：「別怕，一會兒妳就會適應了。」

　　一聽就知道這個話是對她說的。這個聲音是如此的穩重和溫和，很有一種安定的力量，小藍聽了以後，心中的恐

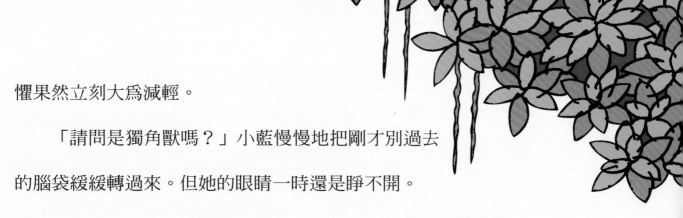

懼果然立刻大為減輕。

「請問是獨角獸嗎？」小藍慢慢地把剛才別過去

的腦袋緩緩轉過來。但她的眼睛一時還是睜不開。

「沒錯，」那個好聽的聲音說：「妳可以叫我獨角獸先生。」

小藍正想說「我也是獨角獸」的時候，這會兒她的眼睛好像已經慢

慢適應了剛才那股令她無法承受的強光，所以她也就很自然地慢慢張開

了眼睛——這一看，真是非同小可，不但剛才那句「我也是

獨角獸」馬上硬生生地吞了回去，小藍甚至還差一點就

驚叫起來！

站在她面前的是一隻龐然巨獸。巨獸的體型看起來很像馬，當然是一匹非常高大的馬，身上有好多種顏色，瞧，他的身體是白色的，頭是深紅色，眼睛是深藍色，就連他額頭正中央的那根角也有三種顏色，非常醒目，上端很尖銳，是鮮紅色，中間是黑色，連接額頭的部位則又是純白色。這麼多的顏色，每一種顏色都閃閃發亮，耀眼得不得了。小藍定睛仔細瞧著，心想難怪自己剛才跳過來的時候會根本睜不開眼睛。

「小朋友，妳好嗎？」獨角獸低頭俯視著小藍，非常友善的和她打招呼。小藍在他的眼裡簡直就是一個小不點兒。

「啊，你說你也是獨角獸？」小藍結結巴巴的問道：「為什麼我們

會長得這麼不一樣啊？」

　　獨角獸先生看著小藍，笑咪咪的說：

「那是因為妳是可愛版的獨角獸，我是正版的。」

　　「可愛版？」小藍大為驚訝，「我還以為獨角獸都長得跟

我一樣呢。」

　　「不不不，如果妳把這個展廳逛過一圈，妳就會發現，雖然都說是

獨角獸，但是大家的樣子都不一樣，不過──」獨角獸先生再次強調：

「只有我是正版的，我知道主人是花了很久的時間，費了很大的精

神，找了很多的資料，才確定我的模樣。」

　　「主人？你是說那個創造出我們的人？」

「是啊，不過我們各有各的主人。」

「那──我有一個問題想請問你，」小藍

鼓起勇氣問道：「你的脾氣好不好？」

「脾氣？」獨角獸先生愣了一下，「呃──我沒想過這個問題──

應該還不錯吧，妳呢？」

「老實說，我的脾氣很糟糕，而且我也不知道怎麼回事，在我們那

裡，只有我一個人是壞脾氣，我老是在想為什麼只有我的脾氣

這麼壞？我還以為咱們獨角獸都是這樣的呢。」

「哦，對不起，我真的沒想過這個問

題，我總是在想，我從哪裡來？」

獨角獸先生說得很認真，小藍卻完全接不上話。她覺得「我從哪裡來」這個問題實在是太高深啦。

獨角獸先生看小藍一臉茫然，好心地建議道：「也許妳可以再去問問其他人？」

小藍覺得這是一個好主意，於是就向獨角獸先生道別，再往右邊縱身一躍──

◆　◆　◆

　　這回，小藍一跳進來就覺得光線昏暗。她眨眨眼睛，慢慢從星空辨認出來原來這裡是晚上。難怪感覺會比較暗。

　　接著，她看到一個大塊頭獨自站在樹下，仰望星空，小藍順著大塊頭凝望的方向看過去，這才發現原來大塊頭是在看一輪明月。

　　小藍往大塊頭走去。剛剛走了幾步就有一種奇怪的感覺，她怎麼愈看這個大塊頭愈覺得眼熟哇？

快要走到大塊頭身邊的時候，大塊頭正巧轉過頭來，看到了小藍，既不驚訝也不排斥，只是用一種無比憂傷的腔調對小藍說：「嗨，小朋友，妳好嗎？」。

　　一旦和這個大塊頭面對面，小藍嚇了一跳，非常意外。她現在知道為什麼自己會覺得大塊頭似曾相識了。

　　「咦，你不是犀牛嗎？」小藍奇怪道。

　　如果剛才沒有先見過那位獨角獸先生，如果沒有獨角獸先生那番關於「可愛版」的指點，小藍一定不可能這麼快就認出眼前這個大塊頭是誰，但是現在她可以非常肯定大塊頭就是犀牛，因為他看起來和可愛版的犀牛真的滿像的，至少比她自己和獨

角獸先生這一組要像得多了，而平常小藍可是天天都和可愛版的犀牛站在一起的啊，可愛版的犀牛也——受了她最多的氣……

聽到小藍這麼問，大塊頭並不否認，仍舊憂傷的說：「沒錯，我是犀牛，不過我是古代的犀牛，妳就叫我古犀先生吧。」

「古代的犀牛？這和獨角獸有什麼關係啊？」小藍還是不明白。

「小朋友，我們在古代就是被當成獨角獸的啊。」

說到這裡，古犀先生又轉過頭去，望著月亮，癡癡地念著：「身無綵鳳雙飛翼，心有靈犀一點通……」

「古犀先生，你在念什麼？」小藍一點也聽不懂。

古犀先生死相兮兮地看了小藍一眼，用憂傷得不得了的腔調對小藍說：「老實說，其實我也不明白，我只知道『靈犀』裡的那個『犀』指的就是我，而且因為我的主人在創造我的時候，一直在念著這兩句，所以我也得一直念。」

說著說著，古犀先生又念起來了：「身無綵鳳雙飛翼，心有靈犀一點通……身無綵鳳雙飛翼，心有靈犀一點通……」

古犀先生的神情和語調都是如此的憂傷，小藍雖然聽不懂古犀先生在念些什麼，但是聽著聽著竟然也漸漸地柔腸寸斷起來。

「我真不喜歡我自己，」小藍傷心地說：「為什麼我會是一個壞脾氣的獨角獸？你和

獨角獸先生的脾氣就不壞啊！其實，每次發了脾氣以後，我也很後悔，都希望以後能夠不要再發脾氣，能夠像我那些可愛的朋友一樣，做一個好脾氣的傢伙，可是，我總是做不到……」

「小朋友，別難過，」古犀先生用一種傷心欲絕的腔調說道：「真抱歉我幫不了妳，我從來沒想過這個問題──，我看妳還是再去問問別人吧。」

小藍一聽，這才忽然有些清醒過來；對呀，本來自己的計畫不就是想要拜訪在這個展廳裡的每一個獨角獸嗎？現在她才拜訪了兩個而已啊。

「不行，我得趕快離開這裡。」小藍心想。

她是該走，再不走她就要傷心死啦。

於是，和古犀先生匆匆道別之後，小藍繼續往右邊一躍──

小藍發現自己來到一片原野，一隻獨角獸正在輕快的奔跑，模樣看起來好像很快樂。

這隻獨角獸是純白色的，從腦袋到身體再到尾巴，看起來都跟馬兒差不多，只是額頭上那根銀色的角說明了這是一隻獨角獸。

快樂的獨角獸一眼就發現了小藍，立刻停下來，首先大聲招呼了一聲：「嗨，妳好嗎？」然後就達達達達的快步向小藍跑了過來。等她跑到小藍面前的時候，小藍發現她的個頭也不小。

快樂的獨角獸當然也注意到了這一點；她低下頭，饒有興味地看著小藍，樂呵呵地說：「啊，妳是可愛版的獨角獸！真的好可愛啊。」

她的開朗立刻感染了小藍，使得之前籠罩在小藍心頭的那片烏雲逐漸散去。

「妳看起來好像很開心。」小藍說。

「當然，我是很開心，開心得讓我想唱歌！」說到這裡，快樂的獨角獸果真扯開嗓門，盡情高歌！

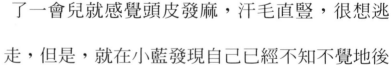

不過，坦白講，她的歌喉實在是不怎麼樣，小藍才聽了一會兒就感覺頭皮發麻，汗毛直豎，很想逃走，但是，就在小藍發現自己已經不知不覺地後

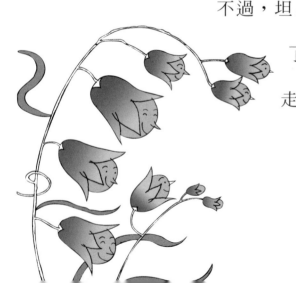

退了兩步的時候，她意識到逃走實在是一

個非常不禮貌的行為，只好趕快停住，強迫自己

待在原地忍痛欣賞。

好不容易，快樂的獨角獸終於唱完了。

說也奇怪，雖然她明明唱得很糟糕，可是她那

發自內心陶醉於音樂的神情，還是使小藍受到強烈的感

染，因而不久前還很低落和憂傷的心情一下子似乎就很自然地變得開朗

和輕快起來。

「嘿嘿，不好意思啊，我的嗓子實在是太破了！」快

樂的獨角獸笑著說。

小藍頗為意外地看著她，沒想到這個有著一副破鑼嗓子的傢伙原來還滿有自知之明的。

　　「不過，」快樂的獨角獸又說：「誰規定只有天生一副好嗓子的傢伙才會喜歡唱歌，才能大聲唱歌？我覺得啊只要心情好，誰都可以唱歌，只要經常唱歌，誰都可以經常擁有好心情！音樂是我們最好的朋友！生活裡絕對不能缺少音樂！」

　　快樂的獨角獸說得慷慨激昂，忍不住又高歌起來。

　　奇妙的是，這一回小藍不覺得她的聲音有那麼恐怖了，看她唱歌的時候那種搖頭晃腦無比投入的模樣也覺得非常有趣，特別是她那根銀色的角，在陽光的照耀之下還會閃閃發

光，顯得燦爛奪目，十分耀眼。

等到快樂的獨角獸一曲唱罷，小藍說：「哇，在妳唱歌的時候妳的角看起來好像特別的漂亮耶！妳看我的角，跟妳的實在是差得太多了！」

「哦，那是因為妳是可愛版的嘛，我覺得妳的角很可愛呀！不過，我還可以告訴妳一個祕密。」說著，快樂的獨角獸還滿臉笑意地向小藍眨了一下眼睛。

小藍一看就知道，這一定是一個快樂的祕密。

「什麼祕密？」小藍好奇地問。

「我的角，將來可以被用來做成一根很棒的長笛，我永遠都會沉浸在音樂的快樂之中！」

「什麼意思？」小藍不明白，「沒有了角，不是就不能算是獨角獸了！」

「可是這根角正是我們獨角獸的價值所在啊！」快樂的獨角獸說：「它可以有不同的功能，我很高興我的角會成為一根長笛！」

「奇怪，妳怎麼會知道這些事的啊？」小藍覺得聽起來簡直是不可思議。

快樂的獨角獸開心地說：「我聽主人說的啊，她在創造我的角的時候，一

邊哼著歌，一邊跟她的朋友說的，說我的角將來可以做成一根很棒的長笛！」

看到快樂的獨角獸笑得那麼高興，小藍忽然感到非常羨慕，忍不住也傻傻地問道：「那妳看我的角也可以做成什麼樂器嗎？」

快樂的獨角獸往小藍湊近一點，認真地盯著小藍那根小巧的粉紅色的角，看了好一會兒，才用非常篤定的口氣說：「嗯，我想用妳的角做成一個迷你的袖珍口琴應該不成問題！對了，妳喜歡音樂嗎？」

「音樂？呃 —— 還好吧，我的朋友都喜歡，他們常常會在一起唱歌。」

小藍指的自然是和她一起站在窗台上的那些布偶伙伴。

「那他們唱歌的時候，妳應該加入他們呀！」快樂的獨角獸說。

聽她這麼一說，小藍才猛然想起自己此行的目的，於是就很自然地傾訴起來：「不知道為什麼，我總是覺得煩糟糟的，好像心裡總是憋著一團火，大家都說我脾氣壞，我也覺得自己的脾氣不好，我不喜歡自己這樣，可是我又不知道該怎麼辦？本來我還以為──還以為──我們獨角獸都是這樣的──」

小藍沒有再說下去。她看著快樂的獨角獸，心想光是看她那麼笑口常開、朝氣蓬勃的模樣，不用問也知道這個傢伙不會有什麼脾氣。

沒想到，出乎小藍意外的是，快樂的獨角獸用一種非常誠懇的口氣

對她說：「小朋友，我還是認為妳需要的是音樂！其實我也有脾氣的，可是當我有什麼不高興、不痛快的時候，我就盡情唱歌，盡情奔跑！來，妳也試一下！」

說著，快樂的獨角獸又開始跑了起來，一邊跑一邊還一直回頭朝小藍叫著：「來呀，小朋友，來跑一跑吧！」

她那充滿活力的聲音實在是太有感染力了，讓小藍情不自禁地也跟著跑了起來。但是，才跑了一會兒，小藍就覺得這個辦法對她現在來說完全行不通，因為這裡可是原野呀，對她

這麼嬌小的布偶來說實在是太大太大大了，小藍很快就失去了方向。

　　小藍只好趕快停下來。這時，她聽見快樂的獨角獸又高高興興地唱起歌來了！

　　「哇，好厲害，居然可以邊跑邊唱，不過——」小藍轉念一想，「會不會就是因為這樣，所以她就算是站著不動也是唱得荒腔走板？」

　　歌聲漸漸遠去。小藍知道快樂的獨角獸已經跑遠了。

　　「那我也該走了。」小藍想著該去拜訪下一個獨角獸了。

　　雖然她現在已經相當確定，獨角獸絕對不是天生的壞脾氣，不過，有機會認識這麼多與自己不同的獨角獸，小藍覺得這還是一件很不錯的事。

◆　　◆　　◆

離開了快樂的獨角獸，緊接著小藍遇到了一隻驚慌失措的獨角獸。

一開始，小藍並沒有看到獨角獸。她只發現自己置身在一座林木茂密的森林裡，不遠的地方有三個獵人。

獨角獸呢？小藍正想去問問那三個獵人的時候，剛走了兩步，後面就有一個焦急的聲音叫住她：「喂！妳要去哪裡？」

小藍回過頭來，沒看到任何人，只看到一棵大樹。再仔細一看——咦，好像有什麼東西躲在樹後？

「誰在那裡啊？」小藍問道。

那個聲音不理她，自顧自的繼續問道：「妳要做什麼？」

「我來找獨角獸，我想去問問前面那幾個人，看他們有沒有看到？」

「什麼？妳瘋了嗎？」那個聲音氣急敗壞地打斷小藍道：「妳這不是存心要我的命嗎？快過來吧，我在這裡啦！」

「你？」小藍一時還沒會意過來。

「哎呀，難道妳還不明白，我就是妳要找的獨角獸啦！真是的！」

這個時候，小藍才看到了一個東西——小藍首先看到鮮紅色——哦，原來是一個鮮紅色的角——然後，小藍看到一雙充滿恐懼的眼睛正在看著自己。

「快過來啊！」驚慌的獨角獸再次焦急地催促道。

小藍不敢再耽擱，趕緊跑了過去。

她很快地就被一把拉到了樹後。

靠得這麼近，現在，小藍總算可以把這個驚慌的朋友看看清楚了。

這確實是一隻獨角獸。他渾身都是淺綠色，個頭不大，是目前為止小藍所見過的最小的一隻獨角獸了，簡直比自己大不了多少，可是他卻有一個和身材比例很不協調的碩大的角，而且還是鮮紅色的，看起來很有一種怵目驚心的感覺。

小藍看著那個醒目的角，忍不住說：「你的角好大，好紅──」

「別提我的角了，我恨它！」驚慌

的獨角獸說：「要不是為了這個

角，那三個獵人也不會一天到

晚的想要抓我——」

　　說著，他又回過頭去神情緊張的觀察

著，又害怕又著急又不滿的低聲抱怨著：

「哎，他們到底要什麼時候才走啊？他

們都沒有家嗎？」

　　「對不起，你剛才說的是什麼意思？我沒聽

懂，為什麼他們要為了你的角而抓你？」

　　「啊，妳怎麼會問這麼笨的問題？

妳不也是獨角獸嗎？怎麼會連這個都不知道？」

「對不起，我是真的不知道——」

「因為我們的角有用啊！唉，也不知道是誰跟我們獨角獸有仇，居然放出這麼一個又惡毒又恐怖的謠言，說把我們的角磨成粉以後可以退燒和解毒，所以我們獨角獸就慘了！特別是我！我最倒楣！看看我，我的角這麼大，而且還是鮮紅色！害我總是不能好好地躲起來！」

驚慌的獨角獸喋喋不休地抱怨著，由於太過激動，連嗓門都不小心提高了還不自覺。

前方那三個獵人不知道是不是聽到了什麼，紛紛回過頭來，帶著狐疑的神情朝這裡張望著。

小藍發現了獵人的異常，趕緊提醒身邊的伙伴：「噓！你最好小聲一點！」

驚慌的獨角獸立刻閉上嘴巴，把身體緊緊貼在樹幹後面，動都不敢動一下。

小藍看看這個可憐的朋友，注意到他渾身還是不住地顫抖。

「怎麼樣？他們過來了嗎？」驚慌的獨角獸用低得不能再低的聲音問著小藍。

小藍小心翼翼地探著腦袋，往獵人的方向偷看。

「沒有，他們又到前面去了。」

驚慌的獨角獸輕輕地吁了一口氣，「謝天謝地！」

他看看小藍，這才突然想起應該問一個問題，「小朋友，這裡這麼可怕，妳來這裡做什麼？」

小藍覺得現在如果老老實實地說「我想知道我們獨角獸是不是天生的壞脾氣？」好像很不合適，只好含含混混地說：「呃——不做什麼，我只是隨便走走，結果就走到這裡來了。」

「那妳趕快走吧！趁妳還沒被發現的時候趕快走！否則就算妳的角很小，也沒我的這麼紅，萬一被他們發現了，恐怕還是不會放過妳的！」

「那你要不要一起走？」小藍好心地問道。

「什麼？走？不能走的，小朋友，我們都只能待在自己的世界裡啊，我只能待在這裡好好的藏著——對了，妳是從哪裡來的？」

「從一個小孩的房間。」

「哦，我知道那裡，我去過。」

「你來過？」小藍感到很驚訝，「你剛才不是說我們都只能待在自己的世界裡嗎？」

「偶爾離開一下還是可以的啊，妳以為只有妳才能到處溜達啊？我在昨天預展的時候就去過你們那裡，滿可愛的一個房間。」

「我怎麼都沒看到你呢？」

「可能是因為我都是躲在角落裡吧。沒辦法，習慣了。不過我看到妳啦，要不然我剛才怎麼會叫妳？好了好了，不說了，妳快走吧，妳知道一定要按照同一個方向前進才不容易迷路吧？」

「知道，我一直是向右走。」

下一站，小藍來到一片綠油油的草地。

草地左手邊有一棵大榕樹，樹下有一個美麗的金髮少女和一隻雪白的獨角獸正在野餐。獨角獸側臥在少女的身邊，姿態很優雅。

69

這隻獨角獸的角是金色的，和少女的金髮相映成趣。

獨角獸和少女正在交談，似乎是少女正在說服獨角獸什麼，因為少女是微笑著，看起來非常陽光，充滿自信，獨角獸則是一臉猶豫。

他們在說些什麼呢？小藍感到很好奇，再往前走了一小段，終於聽到他們的對話了。

少女說：「我敢說主人下一次一定會讓我騎在你身上。」

猶豫的獨角獸說：「不好吧？照說我們獨角獸應該是很不容易被馴服的——」

這時，小藍已經來到他們的面前。

她很有禮貌地主動先向少女和獨角獸打招呼，「嗨，你們好嗎？」

少女看到小藍，兩眼一亮，熱情地說：「喲，好可愛，是可愛版的獨角獸呀，快來和我們一起野餐吧！」

「好哇，」小藍大方地接受了邀請，趕快坐過去，一坐下來就問：「你們在聊些什麼？」

「沒什麼，」猶豫的獨角獸看起來六神無主，甚至好像還有一點兒煩惱，瞅了少女一眼，喃喃道：「也許我們最好別再討論那個問題了。」

小藍卻追問道：「我剛才好像聽到你說，我們獨角獸應該是很不容易被馴服的？」

「是啊，照說應該是這樣。」

「那麼，我想請問你，我們獨角獸會不會 —— 會不會天生脾氣就不大好？」

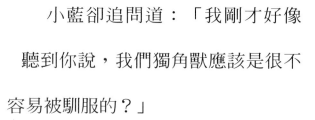

「脾氣不大好？不會呀，」猶豫的獨角獸說：「我們不容易被馴服，不是因為脾氣不好，而是我們不習慣背上有東西，也不習慣行動都要被控制——」

「喂，我不是東西耶。」少女打斷獨角獸，嬌滴滴地抗議。

不過這樣的抗議聽起來好像很奇怪，於是少女又趕緊補充道：「被馴服有什麼不好？這樣才會有人關愛呀！你等著吧，我敢說等主人要製作第二幅《少女和獨角獸》的時候，一定會拿定主意讓我騎在你的身上！」

「那樣好嗎？」猶豫的獨角獸還是顯得很遲疑。

「有什麼不好呢？」少女溫柔地說。溫柔得簡直像是在催眠。

一直到小藍離開之前，少女和獨角獸還一直在討論著同樣的問題……

　　小藍一路向右，拜訪了每一幅作品中的獨角獸之後，終於在清晨回到了自己的家。

　　大夥兒看到她，都非常高興。

　　犀牛首先給她一個大擁抱，開心地說：「妳可回來了，我們都好擔心妳喔。」

平常犀牛因為站在小藍的旁邊，小藍經常為了一點小事就朝犀牛亂發脾氣，現在這個倒楣的受氣包居然還對她這麼好，這麼真心真意地關心她，真讓小藍打心底地感到慚愧。

小藍立刻在心裡發下重誓，以後一定不要再隨便欺負犀牛了！

「我好像碰到了你的親戚呢。」小藍笑咪咪的告訴犀牛。她想起了那個癡癡望著月亮的古犀先生。

「真的？說給我聽聽——」

「等一下再說吧！」洋娃娃搶著對小藍

說：「我跟妳說，自從妳離開以後，我們這裡就發生了怪事！妳本來站著的那個位置一直有奇怪的煙霧冒出來！」

其他的伙伴也紛紛說：「是啊，好大好大的煙霧！」

「奇怪的煙霧？」小藍嚇了一跳，「怎麼會這樣？」

洋娃娃說：「而且那些煙霧還有味道呢，一聞到那個味道我就想起來了，那是怨氣外加怒氣的味道啊！我以前好像不知道在哪裡聞過的，很不好聞！」

「那──」小藍看著窗台上自己原本站著的位置，心裡有一點害怕，「我還可以站在那裡嗎？」

「應該沒問題吧，」洋娃娃說：「事實上我們都覺得在那陣奇怪又難聞的煙霧完全消散以後，現在的空氣好像反而比以前更好了呢！」

「是啊，沒錯沒錯。」伙伴們都紛紛附議，並且都鼓勵小藍站回原來的位置。

畢竟，馬上就要開始展覽了，如果少了小藍，他們這個家不是就缺了一角嗎？那怎麼可以啊！

在大夥兒的鼓勵聲中，小藍勇敢又謹慎地邁出腳步，慢慢站回自己的位置──

「怎麼樣？感覺如何？」大夥兒都又緊張又

關心地盯著小藍，仔細觀察她的反應。

過了半晌，小藍終於說話了。

「哎呀，感覺好極了！」小藍笑道。

這可真是奇妙透了，她還從來不曾這麼神清氣爽過呢。

「真的？那可真是太好了！」大夥兒都好高興

啊。

一直到展覽開始，觀眾開始湧進

展廳之後，大夥兒這才趕緊安靜

下來。

幾天之後，大家都才明白那奇怪又難聞的煙霧是怎麼回事。

那天，他們的主人——一個模樣清秀的女孩——帶著一個好朋友來參觀自己的作品。

「《童年》——」朋友先念了一下作品的題目，再抬起頭來仔細欣賞作品，「嗯，不錯耶，很可愛！嘿，我找到妳的獨角獸了！」

她伸手一指，馬上就指出了小藍。

「嗯，看妳這個作品，真的好可愛，好像心情都會變得比較輕鬆哩，看著會讓人微笑。」好友大力讚美道。

　　沒想到，女孩竟然說：「其實，我在繡那隻獨角獸的時候心裡正一肚子氣呢，本來氣得我都不想繡了，可是沒有這隻獨角獸不行，那天要是再不繡時間也來不及，只好勉強繡吧，妳覺得看起來真的還可以吧？假如是在心情好的時候來繡，一定可以繡得更好的……」

說著，女孩話鋒一轉，就一個勁兒地跟好友
抱怨起自己的男朋友來。

小藍和伙伴們一聽，大
夥兒你看看我、我看看
你，全都恍然大悟，哦，
原來那奇怪又難聞的煙霧
是這麼來的！

小藍同時還想著，幸好自己出去走了一圈，拜訪了那麼多的獨角獸，不但有機會讓那股惱人的怨氣和怒氣釋放出來，她還有機會認識那隻快樂的獨角獸，以後要是再有什麼不痛快的時候，就可以學學她，唱唱歌，跑一跑，也許情緒馬上就會好得多啦！

國家圖書館出版品預行編目資料

尋找獨角獸／管家琪著；龔雲鵬圖. -- 初版. --
- 台北市： 幼獅, 2010.01
面； 公分. --（新High兒童. 童話館；9）

ISBN 978-957-574-755-8（平裝）

859.6   98023385

· 新High兒童 · 童話館9 ·

尋找獨角獸

作　　　者＝管家琪
繪　　　圖＝龔雲鵬
出 版 者＝幼獅文化事業股份有限公司
發 行 人＝李鍾桂
總 經 理＝廖翰聲
總 編 輯＝劉淑華
主　　　編＝林泊瑜
美術編輯＝李祥銘
總 公 司＝10045台北市重慶南路1段66-1號3樓
電　　　話＝(02)2311-2836
傳　　　真＝(02)2311-5368
郵政劃撥＝00033368

門市
●松江展示中心：10422台北市松江路219號
　　電話：(02)2502-5858轉734　傳真：(02)2503-6601
●苗栗育達店：36143苗栗縣造橋鄉談文村學府路168號（育達商業科技大學內）
　　電話：(037)652-191　傳真：(037)652-251

印　　　刷＝欣佑彩色製版印刷股份有限公司　　幼獅樂讀網
定　　　價＝250元
港　　　幣＝83元　　　　　　　　　　http://www.youth.com.tw
初　　　版＝2010.01　　　　　　　　e-mail:customer@youth.com.tw
書　　　號＝987183
I S B N＝978-957-574-755-8

幼獅文化公司／讀者服務卡／

感謝您購買幼獅公司出版的好書！

為提升服務品質與出版更優質的圖書，敬請撥冗填寫後（免貼郵票）擲寄本公司，或傳真（傳真電話02-23115368），我們將參考您的意見、分享您的觀點，出版更多的好書。並不定期提供您相關書訊、活動、特惠專案等。謝謝！

基本資料

姓名：＿＿＿＿＿＿＿＿＿＿＿＿＿＿＿＿＿＿＿先生／小姐

婚姻狀況：□已婚 □未婚　職業：□學生 □公教 □上班族 □家管 □其他

出生：民國＿＿＿＿＿年＿＿＿＿＿月＿＿＿＿＿日

電話：（公）＿＿＿＿＿＿（宅）＿＿＿＿＿＿（手機）＿＿＿＿＿

e-mail：＿＿＿＿＿＿＿＿＿＿＿＿＿＿＿＿＿＿＿＿＿＿

聯絡地址：＿＿＿＿＿＿＿＿＿＿＿＿＿＿＿＿＿＿＿＿＿＿

1.您所購買的書名： **尋找獨角獸**

2.您通常以何種方式購書?：□1.書店買書　□2.網路購書　□3.傳真訂購　□4.郵局劃撥
（可複選）　□5.幼獅門市　□6.團體訂購　□7.其他

3.您是否曾買過幼獅其他出版品：□是，□1.圖書 □2.幼獅文藝 □3.幼獅少年
□否

4.您從何處得知本書訊息：□1.師長介紹　□2.朋友介紹　□3.幼獅少年雜誌
（可複選）　□4.幼獅文藝雜誌　□5.報章雜誌書評介紹＿＿＿＿＿報
□6.DM傳單、海報　□7.書店　□8.廣播(　　　　　)
□9.電子報、edm　□10.其他＿＿＿＿＿＿

5.您喜歡本書的原因：□1.作者 □2.書名 □3.內容 □4.封面設計 □5.其他

6.您不喜歡本書的原因：□1.作者 □2.書名 □3.內容 □4.封面設計 □5.其他

7.您希望得知的出版訊息：□1.青少年讀物　□2.兒童讀物　□3.親子叢書
□4.教師充電系列　□5.其他

8.您覺得本書的價格：□1.偏高 □2.合理 □3.偏低

9.讀完本書後您覺得：□1.很有收穫 □2.有收穫 □3.收穫不多 □4.沒收穫

10.敬請推薦親友，共同加入我們的閱讀計畫，我們將適時寄送相關書訊，以豐富書香與心靈的空間：
(1)姓名＿＿＿＿＿＿e-mail＿＿＿＿＿電話＿＿＿＿＿
(2)姓名＿＿＿＿＿＿e-mail＿＿＿＿＿電話＿＿＿＿＿
(3)姓名＿＿＿＿＿＿e-mail＿＿＿＿＿電話＿＿＿＿＿

11.您對本書或本公司的建議：

10045　台北市重慶南路一段66-1號3樓

幼獅文化事業股份有限公司

. . . .

請沿虛線對折寄回

客服專線：02-23112836分機208　傳真：02-23115368

e-mail：customer@youth.com.tw

幼獅樂讀網http：//www.youth.com.tw